# Le perroquet

Illustré par Henri Galeron
Réalisé par Gallimard Jeunesse
et Jean-Philippe Chabot



GALLIMARD MES PREMIÈRES DÉCOUVERTES DES ANIMAUX

Reconnais-tu ce drôle d'oiseau
qui joue à cache-cache parmi les branches ?

C'est le perroquet!
Envolons-nous
à sa découverte...

Le perroquet est très sociable : il aime vivre en groupe.

La perruche est beaucoup plus petite que son cousin le perroquet.

Ses pattes agiles lui servent
à la fois à grimper
aux branches et
à saisir des objets.

Il est très propre
et soigne son plumage.

La perruche moine
construit un nid
très élaboré dans lequel
elle vit et se reproduit
pendant plusieurs années.

Le perroquet a un bec solide et crochu
et des pattes griffues.

Se toucher le bec est un signe d'affection
pour les perroquets.

Le perroquet vit
le plus souvent
dans les régions
tropicales :
forêts…

... ou déserts,
comme
en Australie.

Pour se nourrir, le perroquet utilise son bec qui bouge dans les deux sens et les griffes de ses pattes.

Il mange des graines,
des fruits…

Voici le festin
de l'ara macao !

Les couleurs
de chaque espèce
sont adaptées
au milieu
où elle vit.

Le perroquet possède
de larges ailes.

Il vole plus ou moins
rapidement selon
sa taille.

Regarde
ces perroquets
aux aguets :
sur qui veillent-ils ?

Sur les petits
qui viennent d'éclore !
Ils sont cachés dans leur nid
à l'intérieur de l'arbre.

Au bout de
quelques semaines,
ils voleront
de leurs propres ailes...

# Les perroquets ne sont pas toujours multicolores.

Le nestor kéa possède un plumage d'un brun uni.

Il existe 418 espèces de perroquets et de perruches.

# Le perroquet a très bonne mémoire et possède des dons d'imitateur.

Certains perroquets bien dressés sont capables de reconnaître les aliments et objets qu'on leur présente.

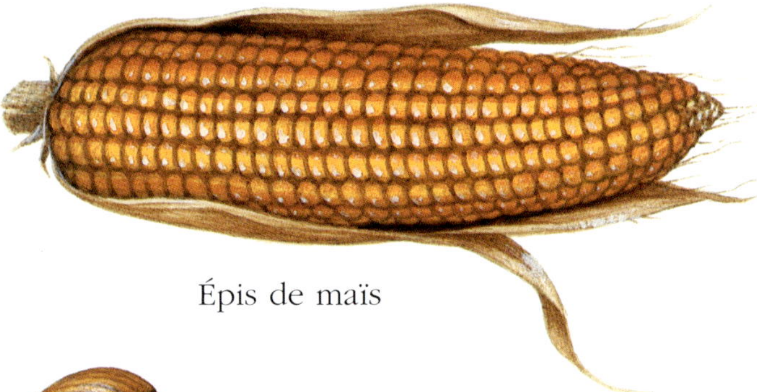

Épis de maïs

Noisettes

Chaîne

Clef

Carotte

Raisin

On raconte qu'un vol de perroquets
aurait montré à Christophe Colomb
la route de l'Amérique.

Ces perroquets,
comme les animaux qui
les entourent, vivent dans
des milieux très fragiles…

… souvent
menacés
par l'action
des hommes !

## Mes premières découvertes


La coccinelle
Le temps
La pomme
La carotte
L'œuf
L'arbre
Le chat
La couleur
Sous la terre
La terre et le ciel
L'automobile
Le chien
L'oiseau
Le bord de mer
Le château fort
L'eau
La fleur
L'ours
L'avion
La tortue
L'éléphant
La souris
La baleine
Le cheval
La maison
Le dinosaure
Le bateau
Le bébé
La ferme
L'heure
La rivière
La jungle
Plus ou Moins
Le singe
L'abeille
La musique
Le cirque
L'aigle
Le castor
Compter
La pyramide
La chouette
Les portraits
Atlas des pays
La grenouille
Le poisson
Le loup
Les Indiens
Le corps
Le train
Le pingouin
Le Louvre
La cathédrale
Le chantier
Le téléphone
Le papillon
Atlas du ciel
La sculpture
Vincent van Gogh
Noël
La vache
La préhistoire
La vie du corps
Henri Matisse
Pablo Picasso
Le pain
Les bestioles
Les pompiers
Fernand Léger
Le canard
L'impressionnisme
Les crèches
Le football
Grandir
Le vent
L'écureuil
Halloween
Paul Gauguin
Le lion
Internet
L'école maternelle
La montagne
Le kangourou
L'orchestre
Le sucre
Le carnaval
Le lapin
Le désert
Le camouflage
Le lait
L'hôpital
Le crocodile
Les cinq sens
Les animaux en danger
Les pirates
L'âne
Le tigre
Le hérisson
Les volcans
La marmotte
Le dauphin
La géographie
La girafe
La lune
Le cerf
Le serpent
Le dromadaire
L'autruche
Les droits de l'enfant
Le perroquet
Marins d'eau douce



Responsable éditoriale : **Anne de Bouchony** • Maquette : **Concé Forgia**
Conseiller pédagogique : **Philippe J. Dubois**



ISBN : 2-07-051067-0



Dépôt légal : mars 2006
Numéro d'édition : 131547

Imprimé en Italie par Editoriale Lloyd
Loi n° 49-956 du 16 juillet 1949
sur les publications destinées
à la jeunesse

Dès 2 ans

GALLIMARD JEUNESSE

# MES PREMIÈRES DÉCOUVERTES

## Pour ouvrir l'appétit de savoir

La collection MES PREMIÈRES DÉCOUVERTES est une véritable petite encyclopédie de livres interactifs pour répondre à toutes les questions que se posent les enfants.

MES PREMIÈRES DÉCOUVERTES DE LA NATURE

☐N° 2

☐N° 3

☐N° 4

☐N° 6

☐N° 10

☐N° 11

☐N° 16

☐N° 18

☐N° 19

☐N° 36

☐N° 90

☐N° 144

☐N° 170

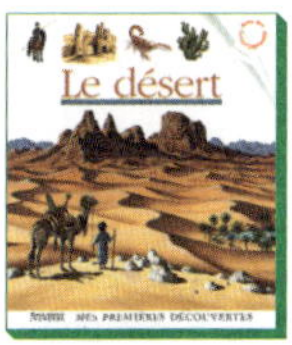


☐N° 176

☐N° 178

☐N° 209

☐N° 213

☐N° 223

MES PREMIÈRES DÉCOUVERTES DU CORPS HUMAIN

☐N° 32

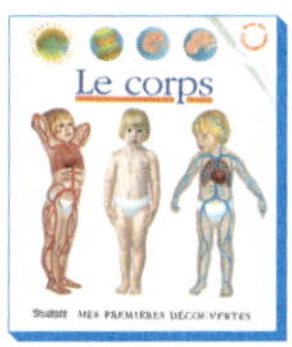


☐N° 82

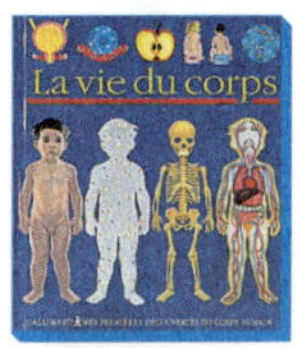


☐N° 105

COCHE LES NUMÉROS...

## MES PREMIÈRES DÉCOUVERTES DE LA NATURE en cédérom

Dès 4 a

Pour jouer avec les coccinelles, observer les feuilles des arbres jaunir et tomber, regarder l'oiseau s'envoler et écouter chanter les grenouilles

## MES PREMIÈRES DÉCOUVERTES DE LA MUSIQUE

### Un livre et un CD

Dès 4 an

**à regarder, lire et écouter à la fois. Sur une histoire merveilleusement illustrée, une musique originale.**

- ☐ **N° 96** Les vents
- ☐ **N° 97** Les percussions
- ☐ **N° 110** Les cordes
- ☐ **N° 111** Les claviers
- ☐ **N° 127** Les voix
- ☐ **N° 128** L'électroacoustique
- ☐ **N° 158** Les bruits
- ☐ **N° 172** L'orchestre
- ☐ **N° 186** Le rap
- ☐ **N° 190** Le rock
- ☐ **N° 202** Le jazz
- ☐ **N° 220** La musique africaine
- ☐ **N° 227** La musique sud-américaine
- ☐ **N° 238** La musique du Maghreb

**titre à paraître :** La musique russe

**Une initiation à tout un monde sonore**